AF373140

*Les cocus
du vieil art moderne*

SALVADOR
DALI

——

Les cocus du vieil art moderne

Bernard Grasset
Paris

ISBN : 978-2-246-42143-6
ISSN : 0756-7170

Salvador Dali / Les Cocus du vieil art moderne

La mort de Dali a suscité un retentissement plus profond que celle de Picasso. Avec Picasso, c'est un peintre, et rien qu'un peintre, qui nous quittait. Le cas de Dali était différent : foules et intellectuels, profanes et connaisseurs se rejoignaient pour déplorer le départ d'un homme qui a su toucher au génie même de son époque, c'est-à-dire à ses instincts, son inconscient, ses aberrations, ses élans incontrôlés : toute la panoplie des réactions violentes, ou lyriques ou psychiques.

Le surréalisme a compté trois grands peintres, si on s'en tient à la stricte obédience fixée par les écrits d'André Breton : peindre, dans une technique traditionnelle, les rêves et les hallucinations qui traversent l'esprit. Cette photographie du subconscient, Max Ernst lui a donné une forme élégiaque et ironique; Yves Tanguy l'a appliquée à ses paysages immatériels; le mérite insigne de Salvador Dali est d'en avoir fait un art d'une imagerie explosive, qui englobe aussi bien le merveilleux que les hantises freudiennes. Salvador Dali, célèbre pour ses excentricités, ne s'est pas contenté de peindre : il a voulu être un témoin du siècle, toujours en représentation.

Dans le tourbillon de l'art moderne, Salvador Dali s'est voulu actif, allant même jusqu'à prétendre que l'influence exercée par ses conceptions du monde devait dépasser celle du peintre. A cet égard, les Cocus du vieil art moderne, publié à l'origine dans la célèbre collection « Libelles », est un écrit capital des années 50, époque par excellence où la peinture se trouve à un tournant crucial : les œuvres gestuelles d'un Jackson Pollock et d'un Willem De Kooning révolutionnaient un art tout à coup secoué de mille possibilités nouvelles.

Salvador Dali, dans ce pamphlet, oppose le génie français, qu'il croit analytique, au génie espagnol, qu'il définit comme mystique. Il en a assez, dit-il, de notre « cassoulet cartésien ». Il entreprend alors de dire ses quatre vérités à l'« art moderne ». La première accusation s'adresse à la laideur généralisée, dont Picasso serait l'un des responsables. Ensuite, la notion même de modernité lui paraît suspecte : il préfère, pour le moins, celle, plus permanente, d'un certain classicisme artisanal. Il n'accepte pas que l'art soit une question de technique, et s'insurge contre ceux qui la substituent aux valeurs de la philosophie ou de la psychologie en peinture. En dernier lieu, il se moque de l'abstraction car, pour lui, l'homme en tant que tel change avec rapidité : il est inutile de le chasser du tableau, au profit de cercles ou de rectangles.

Après avoir défendu la « sculpture hystérique », Salvador Dali revient à la théorie de la « paranoïa critique », qu'il a créée vingt ans plus tôt : l'espèce d'hallucination volontaire qui, derrière chaque image, fait naître une autre image, destinée à bientôt prendre sa place. Le chapitre final n'est pas le moins intéressant : il y est question de physique nucléaire appliquée en matière de peinture. Toutes ces prises de position, en un style pétaradant et baroque, traduisent un esprit original et on ne peut plus provocateur.

ALAIN BOSQUET.

Avidadollars

ANDRÉ BRETON.

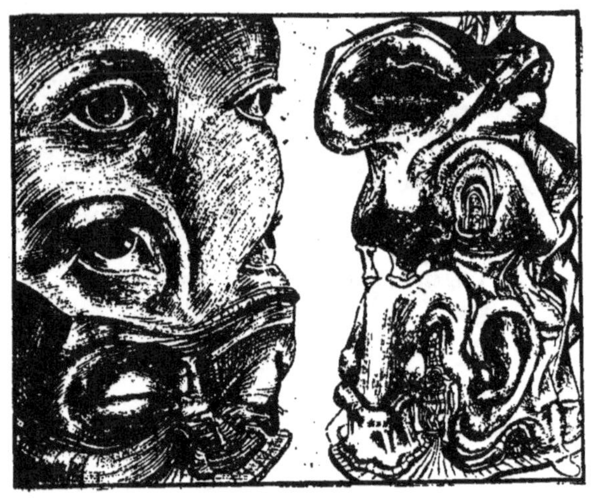

Projet architectonique daté de 1929, époque où je défendis le génie sublime de Gaudi en face de la face protestante de Le Corbusier.

Début de l'hymne à l'amitié, de NIETZSCHE.

« JE tiens expressément à faire cette communication à Paris, parce que la France est le pays le plus intelligent du monde, le pays le plus rationnel du monde, tandis que, moi Salvador Dali, je viens de cette Espagne qui est le pays le plus irrationnel du monde, le pays le plus mystique du monde [1].

Chacun sait que l'intelligence ne nous fait

______

1. En 1952, Dali écrivait déjà : « Le rôle de mon pays est essentiel dans le grand mouvement de "mystique nucléaire", qui doit marquer notre temps. La France aura un rôle didactique. Elle rédigera probablement l'acte "constitutif" du mysticisme nucléaire grâce aux prouesses de son intelligence, mais encore une fois ce sera la mission de l'Espagne d'ennoblir tout par la foi religieuse et la beauté. » (N.d.E.)

*Quand je regarde le ciel étoilé,
je le trouve petit. Ou bien c'est
moi qui grandis, ou bien c'est
l'univers qui rétrécit. A moins
que ce soit les deux à la fois.*

déboucher que dans les brouillards du scepticisme, qu'elle a pour effet principal de nous réduire à des coefficients d'une incertitude gastronomique et super-gélatineuse, proustienne et faisandée. C'est pour ces raisons qu'il est bon et nécessaire que, de temps à autre, des Espagnols comme Picasso et moi, nous venions à Paris pour vous éblouir en vous mettant sous les yeux un morceau cru et saignant de VÉRITÉ !... »

C'est par ces mots que je commençai ma déjà très célébrissime conférence à la Sorbonne le 16 décembre 1955, et c'est exactement de la même manière que j'entends commencer ce libelle dont chaque nouvelle ligne est en train de devenir classique, ne serait-ce que par les crissements du papier sur lequel j'écris.

Le coup de talon catégorique de ma plume scande comme une jambe gauche le *zapateado* [1]

---

1. Le danseur espagnol rythme sa danse de secs coups de talon et de piétinements dans lesquels Dali reconnaît les martèlements de sa pensée.

le plus hautain, le *zapateado* des mâchoires de mon cerveau !

Olé !

*
* *

Olé ! parce que les critiques du très vieil art moderne – venus des Europes plus ou moins centrales, donc de nulle part – font précisément mijoter dans le cassoulet cartésien leurs équivoques les plus savoureusement rabelaisiennes et leurs erreurs de situation les plus truculemment cornéliennes de cuisine spéculative.

Les cocus [1] idéologiques les moins magnifiques – exception faite des cocus staliniens – sont au nombre de deux :

---

1. Dans Littré, on trouve cité cet exemple : « Il fut dit qu'on appelait un homme marié cocu, qui avait une femme impudique, d'un bel oiseau qu'on appelle cocu, les autres l'appellent couquon, ainsi nommé de son chant ; et pour ce que ce bel oiseau va pondre au nid des autres oiseaux, estant si sot qu'il n'en saurait faire un pour lui, par antithèse et contrariété on appelle celui-là cocu, au nid duquel on vient pondre, c'est-à-dire faire des petits. » Bouchet. (N.d.E.)

D'après LES PARQUES. *Fronton du Parthénon.*
Depuis les débuts quasi divins du corps recline, le déclin de celui-ci suit une pente incline.

D'après GIORGIONE. *Vénus.*
A la Renaissance, c'est encore bien beau quoique le côté dionysiaque et gaudinien de la tragédie vitale soit absent.

D'après INGRES. *L'Odalisque.*
Avec Ingres, c'est encore probe, mais la Révolution
française a passé, c'est l'apparition du goût bourgeois,
Ingres résiste.

D'après MANET. *Olympia.*
Ça va mal...
Avec Matisse, ce sera l'apothéose du goût bourgeois.

INGRES : le dernier peintre
à savoir peindre –
fut la probité de son dessin.

D'après ROUSSEAU. *Le rêve* (Yadwigha).

Après le naturalisme, il ne manquait que le naïf ; celui-ci isole en grand juste le détail du nu.

D'après PICASSO. *Nu couché*.

Gravissime, impossible que ça aille plus mal, pure bestialité.

*S'il ne donnait pas à ses tableaux
des titres aussi extravagants,
cela ne vaudrait plus la peine
de s'occuper de la peinture
de monsieur Dali.*

LE CRITIQUE DU
        NEW-YORK TIMES

Primo : le vieux cocu dadaïste à la chevelure blanchissante, qui reçoit un diplôme d'honneur ou une médaille d'or pour avoir voulu assassiner la peinture.

Secundo : le cocu quasi congénital, critique dithyrambique du vieil art moderne, qui s'autorecocufie d'emblée par le cocufiage dadaïste.

Depuis que le critique dithyrambique s'est marié avec la vieille peinture moderne, cette dernière n'a cessé de le tromper. Je puis citer au moins quatre exemples de ce cocufiage :

1) Il a été trompé par la laideur.
2) Il a été trompé par le moderne.
3) Il a été trompé par la technique.
4) Il a été trompé par l'abstrait.

L'introduction de la laideur dans l'art moderne a commencé avec l'adolescente naïveté romantique d'Arthur Rimbaud, quand il a dit : « La beauté s'est assise sur mes genoux et je m'en suis fatigué. » C'est grâce à ces mots-clés que les critiques dithyrambiques – négativistes à outrance, et haïssant le classicisme

L'actualisation des arts africains,
lapons, lettons, bretons, gaulois,
majorquins ou crétois,
n'est qu'un effet de
la crétinisation moderne.
C'est du chinois, et Dieu sait
si j'aime peu l'art chinois.

comme tout rat d'égout qui se respecte –
découvrirent les agitations biologiques de la
laideur et ses inavouables attirances. Ils com-
mencèrent à s'émerveiller d'une nouvelle
beauté, qu'ils disaient « non convention-
nelle », et à côté de laquelle la beauté classique devenait soudain synonyme de mièvrerie.

Toutes les équivoques étaient possibles, y
compris celle des objets sauvages, laids
comme les péchés mortels (qu'ils sont en
réalité). Pour rester à l'unisson des critiques
dithyrambiques, les peintres travaillaient à
faire du laid. Plus ils en faisaient, plus ils
étaient modernes. Picasso qui a peur de tout,
fabriquait du laid par peur de Bouguereau[1].

---

1. Bouguereau, Adolphe-William, dit le Larousse
du XXe siècle. Né en 1825, mort en 1905. Couvert de
diplômes et de médailles d'or, il passe pour le général
des pompiers. Mais, c'est un général décrié qui fait
encore peur. Un jour où Picasso faisait admirer à un
de ses amis sa dernière œuvre, un collage de morceaux de journaux, comme cet ami restait sans voix,
le maître, n'y pouvant plus tenir, trouva le mot déci-
sif : « Ce n'est peut-être pas sublime, mais, en tout
cas, ce n'est pas du Bouguereau. » (N.d.E.)

D'après PICASSO.
La femme au chapeau-poisson.
Ce n'est pas si beau que cela.

D'après BOUGUEREAU. *Naissance de Vénus.*
Ce n'est pas si affreux que cela.

Picasso voulut être communiste.
Il n'en est pas moins resté
notre roi à tous. Dans dix ans,
on dira que, en tant que peintre,
Picasso n'était pas si bien que ça,
et Bouguereau pas si mal que ça.
Un jour, Picasso m'a dit :
« En tous cas, nous sommes aussi bons
et utiles que ces bouffons que les rois
d'Espagne entretenaient dans leur cour
et dont ils respectaient les avis. »
A quoi, je répondis :
« Nous sommes aujourd'hui les seuls
 êtres possédés par une volonté royale. »

Mais lui, à la différence des autres, en fabriquait exprès, cocufiant ainsi ces critiques dithyrambiques qui prétendaient retrouver la vraie beauté. Seulement comme Picasso est un anarchiste après avoir à moitié poignardé Bouguereau, il allait donner la *puntilla*[1], et achever d'un coup l'art moderne en faisant plus laid à lui seul en un jour qu'en plusieurs années tous les autres réunis.

Car le grand Pablo avec l'angélique Raphaël, le divin marquis de Sade et moi – le rhinocérontesque Salvador Dali –, se fait la même idée de ce que peut représenter un être archangéliquement beau. Cette idée ne diffère d'ailleurs en rien de celle que possède d'instinct n'importe quelle foule de la rue – héritière de la civilisation gréco-romaine – quand elle se retourne pétrifiée d'admiration, sur le passage d'un corps – appelons les choses par leur nom – d'un corps pythagoricien.

---

1. Après la danse, c'est à la tauromachie que Dali a recours pour ses images. C'est bien un Espagnol. (N.d.E.).

*Je considère Picasso comme
un très grand peintre.
J'ai quinze toiles de lui
dans ma collection, mais jamais
il ne peindra un tableau
de l'envergure de la Cène de Dali
pour la raison très simple
qu'il n'est pas capable de le faire.*

CHESTER DALE,
président de la National Gallery
de Washington.

Au moment algide [1] de sa plus grande frénésie de laideur, j'envoyai, de New York, à Picasso le télégramme suivant :

« Pablo merci ! Tes dernières peintures ignominieuses ont tué l'art moderne. Sans toi, avec le goût et la mesure qui sont les vertus mêmes de la prudence française, nous aurions eu de la peinture de plus en plus laide, pendant au moins cent ans, jusqu'à ce qu'on arrive à tes sublimes *adefesios esperpentos* [2]. Toi, avec toute la violence de ton anarchisme ibérique, en quelques semaines tu as atteint les limites et les dernières conséquences de l'abominable. Et cela, comme Nietzsche l'aurait voulu, en marquant tout de ton propre sang.

---

1. Période *algide* du choléra, période du choléra dans laquelle le malade est glacé. (N.d.E.)
2. Le mot est de Picasso lui-même. Littéralement, il signifie : « personnages laids et ridicules comme des épouvantails ». Mais il est probable qu'à cette idée Picasso joint celle d'une certaine immatérialité fantasmagorique. (N.d.E.)

*Buffet plus mièvre que Puvis
de Chavannes est à peine laid.*

D'après B. BUFFET. *Deux nus de femme.*
Ça ne sera pas pire, car Picasso a tué tout cela.

D'après PUVIS DE CHAVANNES.
Le pauvre pêcheur.
Buffet peindrait cela d'ici deux cents ans s'il avait le
talent de Puvis de Chavannes.

*Dali a eu le courage
en pleine époque « moderne »
de vouloir faire du Meissonnier
et il n'en a pas moins réussi
à peindre comme Dali !*

Maintenant, il ne nous reste plus qu'à tourner de nouveau nos yeux vers Raphaël. Que Dieu te garde ! »

SALVADOR DALI.

Tout cela trouva pour fin la fausse explosion cartésienne et scatologique de Dubuffet. Mais les critiques dithyrambiques du vieil art moderne restent et resteront encore longtemps prostatiques et joyeux avec la laideur assise sur leurs genoux. Ils ne s'en fatigueront pas.

*
* *

Les critiques du vieil art moderne ont été surtout égarés et cocufiés par le « moderne » même. Effectivement rien n'a jamais vieilli plus vite et plus mal que tout ce qu'à un moment ils qualifièrent de « moderne ».

Alors que j'avais à peine vingt et un ans, je me suis trouvé un jour à déjeuner chez mon ami Roussy de Sales en compagnie de l'architecte masochiste et protestant Le Corbusier

35

*Dali a doté le surréalisme
d'une arme de premier ordre
avec sa méthode paranoïaque-critique.*

ANDRÉ BRETON

qui est, comme on le sait, l'inventeur de l'architecture d'auto-punition. Le Corbusier me demanda si j'avais des idées sur l'avenir de son art. Oui, j'en avais. J'ai d'ailleurs des idées sur tout. Je lui répondis que l'architecture serait « molle et poilue » et j'affirmai catégoriquement que le dernier grand génie de l'architecture s'appelait Gaudi dont le nom, en catalan, signifie « jouir », de même que Dali veut dire « désir ». Je lui expliquai que la jouissance et le désir sont le propre du catholicisme et du gothique méditerranéens réinventés et portés à leur paroxysme par Gaudi. En m'écoutant, Le Corbusier avait l'air d'avaler du fiel.

Plus tard, les très « modernes » *Cahiers d'Art* devaient déclencher une attaque d'une médiocrité parfaitement moderne contre Gaudi. Pour le défendre, j'écrivis des pages magistrales, dignes d'une anthologie, sur le *Modern'Style* et les bouches de métro. Je ne résiste pas à l'envie de les reproduire intégralement telles qu'elles parurent dans le numéro 3-4 du *Minotaure*.

*Peintre, si tu veux t'assurer
une place prédominante
dans la Société, il faut que,
dès ta première jeunesse,
tu lui donnes un terrible coup
de pied dans la jambe droite.*

L'utilisation facilement littéraire du « 1900 » tend à devenir affreusement continue. On se sert pour la justifier d'une formule aimable, à succès légèrement nostalgique, légèrement comique, susceptible de provoquer une « espèce de sourire » particulièrement répugnant : il s'agit d'un discret et spirituel « Ris donc, Paillasse », fondé sur les mécanismes les plus lamentables de la « perspective sentimentale » grâce auxquels il est possible de juger par contraste, avec un recul très exagéré, d'une époque relativement proche. De cette manière l'anachronisme, c'est-à-dire le « concret délirant » (unique constante vitale) nous est présenté (en considération de l'esthétisme intellectualiste qu'on nous prête) comme l'essence de « l'éphémère dépaysé » (ridicule – mélancolique). Il s'agit, comme on voit, d'une « attitude » fondée sur le plus petit, sur le moins orgueilleux « complexe de supériorité » auquel vient

Depuis mon enfance, j'ai une
vicieuse tournure d'esprit
à me considérer comme différent
du commun des mortels.
Cela dure encore, et ne cesse
de me réussir.

s'ajouter un coefficient d'humour « sordide-critique » qui rend tout le monde content et permet à quiconque veut montrer le souci des confites actualités artistiques-rétrospectives d'apprécier le phénomène inouï avec les contractions faciales réglementaires et décentes Ces contractions faciales, réflexes, traîtresses, de « refoulement-défense » auront pour effet de faire alterner les sourires bénévoles et compréhensifs – teints, il est vrai, de l'indispensable larme bien connue (correspondant aux « souvenirs conventionnels », simulés) – et les rires francs, explosifs, irrésistibles quoique non révélateurs de vulgarité, chaque fois qu'apparaît un de ces « anachronismes » violents, hallucinants, qu'il s'agisse d'un de ces tragiques et grandioses costumes sadomasochistes comestibles ou, plus paradoxalement encore, d'une de ces terrifiantes et sublimes architectures ornementales du Modern'Style.

Je crois avoir été le premier en 1929 et au début de *La Femme visible*, à considérer, sans l'ombre d'humour, l'architecture délirante du Modern'Style comme le phénomène le plus

*Peintre, ne t'occupe pas
d'être moderne.
C'est l'unique chose que,
malheureusement, quoi
que tu fasses, tu ne pourras
pas éviter d'être.*

original et le plus extraordinaire de l'histoire de l'art.

J'insiste ici sur le caractère essentiellement extra-plastique du Modern'Style. Toute utilisation de celui-ci à des fins proprement « plastiques » ou picturales ne manquerait pas d'impliquer pour moi la trahison la plus flagrante des aspirations irrationalistes et essentiellement « littéraires » de ces mouvements. Le « remplacement » (question de fatigue) de la formule « angle-droit » et « section d'or » par la formule convulsive-ondulante ne peut à la longue que donner naissance à un esthétisme aussi triste que le précédent – moins ennuyeux momentanément à cause du changement, c'est tout. Les meilleurs se réclament de cette formule : la ligne courbe paraît redevenir aujourd'hui le plus court chemin d'un point à un autre, le plus vertigineux – mais tout cela n'est que la « misère dernière du plasticisme ». Décorativisme antidécoratif, contraire au décorativisme psychique du Modern'Style.

*Je chante ton désir
d'éternelle limite !*

Federico Garcia Lorca

*

*   *

Apparition de l'Impérialisme cannibale
du Modern'Style

Les causes « manifestes » de production du Modern'Style nous apparaissent encore trop confuses, trop contradictoires et trop vastes pour qu'il soit question d'en trancher dans l'actualité. On pourrait en dire autant de ses causes « latentes » bien que le lecteur intelligent puisse être amené à déduire de ce qui va être dit que le mouvement qui nous occupe a eu surtout pour but d'éveiller une sorte de grande « faim originale ».

De même que la détermination de ses causes « phénoménologiques », toute entreprise de mise au point historique en ce qui le concerne se heurterait aux plus grandes difficultés, et ceci surtout en raison de ce contradictoire et rare sentiment collectif d'individualisme féroce qui caractérise sa genèse : Bornons-nous donc

à constater uniquement, aujourd'hui, le « fait » de l'apparition brusque, de l'irruption violente du Modern'Style, témoignant d'une révolution sans précédent du « sentiment d'originalité ». Le Modern'Style se présente en effet comme un bond, avec tout ce que celui-ci peut entraîner de plus cruels traumatismes pour l'art.

C'est dans l'architecture que nous allons pouvoir admirer l'ébranlement profond, dans son essence la plus consubstantiellement fonctionnaliste, de tout « élément », fût-il le plus congénital, le plus héréditaire du passé. Avec le Modern'Style les éléments architecturaux du passé, outre qu'ils vont être soumis à la fréquente, à la totale trituration convulsive-formelle qui va donner naissance à une nouvelle stylisation, seront appelés à revivre, à subsister couramment sous leur véritable aspect originaire, de sorte qu'en se combinant les uns avec les autres, en se fondant les uns dans les autres (en dépit de leurs antagonismes intellectuellement les plus irréconciliables, les plus irréductibles) ils vont atteindre

au plus haut degré de dépréciation esthétique, manifester dans leurs rapports cette affreuse impureté qui n'a d'équivalente et d'égale que la pureté immaculée des entrelacements oniriques.

Dans un bâtiment modern'style, le gothique se métamorphose en hellénique, en extrême-oriental et, pour peu que cela passe par la tête – par une certaine fantaisie involontaire – en Renaissance qui peut à son tour devenir modern'style pur, dynamique-asymétrique (!) tout cela dans le temps et dans l'espace « débile » d'une seule fenêtre, c'est-à-dire dans ce temps et cet espace peu connus et vraisemblablement vertigineux qui, comme nous venons de l'insinuer, ne seraient autres que ceux du rêve. Tout ce qui a été le plus naturellement utilitaire et fonctionnaliste dans les architectures connues du passé, dans le Modern'Style, ne sert subitement plus à rien du tout, ou, ce qui ne saurait lui concilier l'intellectualisme pragmatiste, ne sert plus qu'au « fonctionnement des désirs », d'ailleurs les plus troubles, disqualifiés et inavouables.

De grandioses colonnes et des colonnes moyennes, inclinées, incapables de se soutenir par elles-mêmes, tel le cou fatigué des lourdes têtes hydrocéphales, émergent pour la première fois dans le monde des ondulations dures de l'eau sculptée avec le souci photographique de l'instantanéité, jusqu'alors inconnu. Elles montent par vagues des reliefs polychromes, dont l'ornementation immatérielle fige les transitions convulsives des faibles matérialisations des métamorphoses les plus fugitives de la fumée, ainsi que les végétaux aquatiques et la chevelure de ces femmes nouvelles, plus « appétissantes » encore que la petite soif causée par la température imaginative de la vie des extases florales où elles s'anéantissent. Ces colonnes de chair fiévreuse (37,5 dixièmes) ne sont destinées à soutenir rien d'autre que la fameuse libellule à l'abdomen mou et lourd comme le bloc de plomb massif où elle a été sculptée de façon subtile et éthérée, bloc de plomb de nature (par son ridicule excès de pesanteur qui introduit pourtant l'idée nécessaire de gravité)

à accentuer, aggraver et compliquer avec perversité le sentiment sublime d'infinie et glaciale stérilité, à rendre plus compréhensible et plus lamentable le dynamisme irrationnel de la colonne, laquelle, par suite de toutes ces circonstances de fine ambivalence, ne peut manquer de nous apparaître comme la véritable « colonne masochiste » destinée uniquement à « se laisser dévorer par le désir », comme la véritable première colonne molle construite et découpée dans cette réelle viande désirée vers laquelle Napoléon, comme nous savons, se dirige toujours à la tête de tous les réels et véritables impérialismes, qui, comme nous avons coutume de le répéter, ne sont autre chose que les immenses « cannibalismes de l'histoire » souvent figurés par cette côtelette concrète, grillée et savoureuse que le merveilleux matérialisme dialectique a placée, comme l'aurait fait Guillaume Tell, sur la tête même de la politique.

C'est donc à mon sens, précisément (je n'insisterai jamais assez sur ce point de vue),

l'architecture tout idéale du Modern'Style qui incarnerait la plus tangible et délirante aspiration d'hyper-matérialisme. On trouvera une illustration de ce paradoxe apparent dans une comparaison courante, employée il est vrai en mauvaise part, mais pourtant si lucide, qui consiste à assimiler une maison modern'style à un gâteau, à une tarte exhibitionniste et ornementale de « confiseur ». Je répète qu'il s'agit ici d'une comparaison lucide et intelligente, non seulement parce qu'elle dénonce le violent prosaïsme-matérialiste des besoins immédiats, urgents, sur quoi reposent les désirs idéaux, mais encore parce que, par cela même et en réalité, il est fait ainsi allusion sans euphémisme au caractère nutritif comestible de cette espèce de maisons, lesquelles ne sont autre chose que les premières maisons comestibles, que les premiers et seuls bâtiments érotisables, dont l'existence vérifie cette « fonction » urgente et si nécessaire pour l'imagination amoureuse : pouvoir le plus réellement manger l'objet du désir.

                    *
                *   *

Le Modern'Style, Architecture Phénoménale.
Caractéristiques générales du Phénomène

Dépréciation profonde des systèmes intellectuels. – Dépression très accentuée de l'activité raisonnante, allant jusqu'aux confins de la débilité mentale. – Imbécillité lyrique positive. – Inconscience esthétique totale. – Aucune coaction lyrique-religieuse; en revanche: échappement, liberté, développement des mécanismes inconscients. – Automatisme ornemental. – Stéréotypie. – Néologismes. – Grande névrose d'enfance, refuge dans un monde idéal, haine de la réalité, etc. – Folie des grandeurs, mégalomanie perverse, « mégalomanie objective ». – Besoin et sentiment du merveilleux et de l'originalité hyperesthétique. – Impudeur absolue de l'orgueil, exhibitionnisme frénétique du « caprice » et de la « fantaisie » impérialiste. – Aucune notion de

*Le moins que l'on puisse
demander à une sculpture,
c'est qu'elle ne bouge pas.*

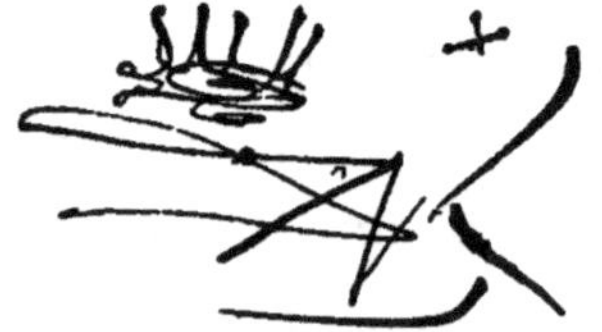

mesure. – Réalisation de désirs solidifiés. – Eclosion majestueuse aux tendances érotiques, irrationnelles, inconscientes.

*

* *

Parallèle Psycho-Pathologique

Invention de la « sculpture hystérique ». – Extase érotique continue. – Contractions et attitudes sans antécédents dans l'histoire de la statuaire (il s'agit des femmes découvertes et connues après Charcot et l'école de la Salpêtrière). – Confusion et exacerbation ornementale en rapport avec les communications pathologiques ; démence précoce. – Rapports étroits avec le rêve ; rêveries, fantaisies diurnes. – Présence des éléments oniriques caractéristiques : condensation ; déplacement, etc. – Eclosion du complexe sadique anal. – Coprophagie ornementale flagrante. – Onanisme très lent, épuisant, accompagné d'un énorme sentiment de culpabilité.

59

        *
    *   *

Aspirations-concrètes Extra-Plastiques

Sculpture de tout l'extra-sculptural : l'eau, la fumée, les irisations de la prétuberculose et de la pollution nocturne, la femme-fleur-peau-peyotl-bijoux – nuage-flamme-papillon-miroir. Gaudi a bâti une maison selon les formes de la mer, « représentant les vagues un jour de tempête ». Une autre est faite des eaux tranquilles d'un lac. Il ne s'agit pas de décevantes métaphores, de contes de fées, etc., ces maisons existent (Paseo de Gracia à Barcelone). Il s'agit de bâtiments réels, véritable sculpture des reflets des nuages crépusculaires dans l'eau, rendue possible par le recours à une immense et insensée mosaïque multicolore et rutilante, des irisations pointillistes de laquelle émergent des formes d'eau répandue, formes d'eau se répandant, formes d'eau stagnante, formes d'eau miroitante, formes

d'eau frisée par le vent, toutes ces formes d'eau construites en une succession asymétrique et dynamique-instantanée de reliefs brisés, syncopés, enlacés, fondus par les nénuphars et nymphéas « naturalistes-stylisés » se concrétisant dans d'excentriques convergences impures et annihilatrices par d'épaisses protubérances de peur, jaillissant de la façade incroyable, contorsionnés à la fois par toute la souffrance démentielle et par tout le calme latent et infiniment doux qui n'a d'égal que celui des horrifiants floroncules apothéosiques et mûrs prêts à être mangés à la cuiller, – à la saignante, grasse et molle cuiller de viande faisandée qui approche.

Il s'est donc agi de construire un bâtiment habitable (et de plus, selon moi, comestible) avec les reflets des nuages crépusculaires sur les eaux d'un lac, l'œuvre devant en outre comporter le maximum de rigueur naturaliste et de trompe-l'œil. Je crie que c'est là un progrès gigantesque sur la simple submersion rimbaldienne du Salon au fond d'un lac.

*Les deux génies des formes
créatives (dynamisme de la discontinuité
de la matière figée instantanément)
sont l'Italien Boccioni et le Catalan
Gaudi qui ont fait de Milan
et de Barcelone les capitales
de la révolution industrialiste.*

*

* *

Retour à la beauté

Le désir érotique est la ruine des esthétiques intellectualistes. Là où la Vénus de la logique s'éteint, la Vénus du « mauvais goût », la « Vénus aux fourrures » s'annonce sous le signe de l'unique beauté, celle des réelles agitations vitales et matérialistes. – La beauté n'est que la somme de conscience de nos perversions. – Breton a dit : « La beauté sera convulsive ou ne sera pas. » Le nouvel âge surréaliste du « cannibalisme des objets » justifie également cette conclusion. « La beauté sera comestible ou ne sera pas. »

Salvador DALI.

*

* *

Aujourd'hui, vingt ans après cet article du *Minotaure*, j'ai gagné la bataille Gaudi, car

mes amis Alfred Barr [1], directeur du Musée d'Art moderne de New York, et Sweeney, du Musée d'Art non objectif, ont reconnu son génie en écrivant sur lui un livre des plus importants. Et l'admiration que Le Corbusier lui-même a pour Gaudi [2], il l'a transcendée dans sa propre architecture, ce qui est tout à son honneur.

Mais il est plus facile d'approcher le génie de Gaudi que celui de Raphaël, le premier étant un génie environné du tonnerre des cataclysmes et l'autre un génie baignant dans le silence céleste. Ce qu'il faut gagner désormais, c'est la bataille Raphaël, la plus décisive et la

---

1. Alfred Barr fut un ami de la première heure pour Dali. C'est lui qui le décida à venir aux Etats-Unis. Dans *La Vie secrète*, Dali dit de lui : « Ses gestes saccadés ressemblaient à ceux des oiseaux qui picorent. En fait, il picorait des valeurs contemporaines et sélectionnait judicieusement le bon grain de l'ivraie. » (N.d.E.)

2. En 1935, lors du soulèvement de Barcelone, le corps de Gaudi fut déterré, et traîné dans les rues par des gamins. L'ami, qui décrivit la scène à Dali, ajouta que Gaudi avait l'air très bien embaumé et conservé, mais souffrait d'une mauvaise mine. (N.d.E.)

De tous les élèves de Gustave
Moreau, le meilleur sera toujours
celui qui les enseigna.

plus dure de toutes. Ce n'est que dans la juste appréciation de Raphaël que l'on reconnaîtra les vrais esprits supérieurs de notre époque, puisque Raphaël est le plus antiacadémique, le plus tendrement vivant et le plus futuriste de tous les archétypes esthétiques de tous les temps.

Je demande à mes amis Le Corbusier, Barr et Sweeney, et surtout à Malraux, qu'ils s'arrêtent un instant pour examiner combien a vieilli physiquement et moralement un de ces papiers collés, jaune, anecdotique, littéraire et sentimental de l'époque cubiste ! Qu'ils le comparent au petit saint Georges de Raphaël [1] resté frais comme une rose ! Mais je doute du résultat, car ces quatre-là sont encore trop du côté du cataclysme !

Cataclysme ou ciel, peu importe, nos modernes ne pouvaient supporter les moindres vestiges d'ornementation dans leurs « machines à habiter » et ils se sont trouvés envahis par l'académisme abstrait qui n'est que du très médiocre art pseudo-décoratif.

---

1. De la collection Melon à Washington. (N.d.E.)

*Quelque chose s'achève avec
la mort de ce peintre d'algues
tout juste bon à favoriser
la digestion bourgeoise –
je veux dire Matisse, peintre
de la révolution de 1789.*

Nos modernes dont les cheveux se hérissent d'horreur à l'idée d'une matière qui ne serait pas aseptique et préfabriquée n'ont pas eu à attendre la fin de leur vie pour voir l'apothéose du folklore le plus naïf, la résurrection de tous les plagiats, de tous les archéologismes de tous les temps, à la seule condition qu'ils soient éclaboussés et mal foutus. Chaque tableau, chaque céramique, chaque tapis moderne qui se respecte doit sembler sortir d'une excavation et simuler les accidents de la patine et de la décrépitude truculente. Et cela, à un point que l'on ne se serait même pas permis au temps des déjà regrettés « buffets Michel-Ange », où l'on se contentait d'imiter de modestes vermoulures.

Enfin, qu'y a-t-il de plus cocu, de plus trompé, de plus accablé de fissures et de craquelures que cet art moderne fanatique de la propreté stérilisée des formes fonctionnelles et des surfaces aseptiques, alors qu'on le croirait assiégé par la peste et trouvé par l'ironie du destin, comme on dit, dans ces poubelles où l'Italien Burri ramasse des linges

Sans une hésitation,
sans un doute,
le plus mauvais peintre
du monde s'appelle Turner.

sanguinolents. Bien qu'éternellement et allè-
grement cocu, Burri n'en suspend pas moins
au-dessus de sa tête ces ordures qui ont la
forme du plus dépressif de tous les
« mobiles » pareils à ceux que fabrique spé-
cialement pour lui un « premier prix » de
sculpture moderne – moderne.

Partisans de l'ultra-neuf, snobés par les
parvenus du pseudo vieux-vieux, les critiques
dithyrambiques ont été abusés par la technique ; avec l'Impressionnisme la décadence de
l'art pictural est devenue... impressionnante.

Paul Cézanne – un des peintres les plus
merveilleusement réactionnaires de tous les
temps – était aussi l'un des plus « impérialistes », puisqu'il voulait refaire Poussin
« d'après nature », donc d'après la nouvelle
conception de la discontinuité de la matière,
grande vérité du divisionnisme dionysiaque
de l'Impressionnisme. Il est malheureux que
son élan apollinien [1] ait été desservi par sa

---

1. Est-il besoin de rappeler que, dans la philosophie de Nietzsche, est « apollinien » qui possède la

Les enfants ne m'ont jamais
intéressé particulièrement,
mais la chose qui m'a encore
moins intéressé, ce sont
les dessins d'enfants.

maladresse fatale. Sa gaucherie n'a pour pendant que la virtuosité délirante de Velasquez. Il aurait fallu que ce fût Velasquez qui, comme Bonaparte, coule l'anarchie de la peinture orgiaque dans l'empire césarien des formes, en y ajoutant cette notion de la nature discontinue qui manquait à Poussin.

Mais, pour pathétique que cela soit, jamais Cézanne ne réussit à peindre une seule pomme ronde capable de receler – monarchiquement – dans son volume absolu les cinq corps réguliers [1].

Les critiques dithyrambiques, en complet accord avec la médiocrité des peintres cézanniens, ne surent que poser en impératifs catégoriques les déficiences, les gaucheries et les maladresses catastrophiques du maître. Devant cette débâcle totale des moyens d'expression,

---

faculté de créer les images réelles. Alors que, dans la même philosophie, « dionysiaque » se dit de l'état où l'homme a conscience de soi comme capable de représentation ou d'intelligence. (N.d.E.)

1. C'est-à-dire : le cube, le tétraèdre, le dodécaèdre, l'hexaèdre et l'octaèdre. (N.d.E.)

*Miro, qui voulut assassiner
lâchement la peinture,
a eu le courage de se laisser
manger par le folklore* [*]*.

---

[*] Il n'en est pas moins le premier de son genre,
pour la bonne raison qu'il est catalan ! (S. D.)

on crut avoir fait un pas en avant vers la libération de la technique picturale. Chaque échec fut baptisé économie, intensité, plasticité, – et quand on prononce cet horrible mot de « plasticité », c'est que les vers sont là !

Enfin, trompés mais gais à leur habitude, les critiques dithyrambiques, au lieu de se trouver en possession de la nobilissime corbeille de pommes intactes et divines – symbole d'un nouvel âge d'or cézannien –, restèrent tout simplement seuls avec une corbeille remplie de leur propre merde [1]. Et comme, même pour tresser avec dignité une simple corbeille, une certaine technique reste indispensable, ils n'avaient réussi qu'à se confectionner une espèce de panier tout à fait indigne de ce nom. Jamais l'expression de Michel de Montaigne « chier [2]

---

1. « A Rome on ne se faisait point difficulté de parler de merde. Horace, le délicat Horace, et tous les poètes du siècle d'Auguste en parlent en cent endroits de leurs ouvrages » (comte de Caylus).

2. Autre exemple de l'emploi de ce mot rare : « Ci-gît un roi, par grand merveille, qui mourut, comme Dieu permet, d'un coup de serpe et d'une vieille, comme il chiait dans une met » (d'Aubigné).

D'après POLLOCK. *Jackson, n° 1.*
Même bouillabaisse que Monticelli, mais bien moins
succulent, juste l'indigestion.

D'après MONTICELLI. *La fontaine.*
La bouillabaisse pour la bouillabaisse.

dans le panier et puis se le mettre sur la tête », ne pourra être plus sagement appliquée qu'à ces critiques dithyrambiques de la nouvelle technique des peintres modernes.

A peine avaient-ils été trompés successivement par la « laideur » et le « moderne », puis par la « technique », que nos critiques dithyrambiques furent de nouveau, sans qu'on leur laissât de répit, cocufiés sur l'heure par l'« art abstrait ». Mais cette fois le cocufiage fut colossal, totalitaire, impérial, je dirais presque cosmique, et ceci autant du côté spirituel (à ce point anéanti que rien de pire ne pouvait lui arriver) que du côté temporel, car ce n'est plus un mystère que ceux qui avaient mis là leur confiance sont en train d'y perdre tout leur argent, signe certain de banqueroute.

Dali, quel fanatique !

Sigmund Freud.

*

* *

La tromperie commença avec Picasso dont le sang andalou charriait des morceaux de ce monument d'iconoclastie qu'est l'Alhambra de Grenade. Puis le cubisme s'employa à fragmenter la matière, en utilisant encore les matériaux du « maçon néoplatonicien » dont Cézanne se servait pour faire tenir debout ses maisons. A cela, le cubisme devait ajouter un peu de ciment de Huerta del Ebro en Aragon, car la terre d'Aragon est la plus férocement réaliste et concrète du monde.

Il n'est pas difficile, en récapitulant, de voir que les matériaux utilisés par Cézanne, plus ces matériaux fournis au cubisme par la terre d'Aragon, étaient catholiques par excellence, et que c'est seulement avec eux qu'on allait pouvoir se permettre de peindre la réalité. Une certaine coquetterie arabe se révélerait, de plus, parfaitement adéquate pour fragmenter la forme hispano-mauresque trop sèche et

Juan Gris, tu es l'exécuteur catégorique
du Discours sur la forme cubique
de Juan de Herrera,
l'architecte de Philippe II d'Espagne.
L'Escurial, comme toi, c'est le réalisme
et le mysticisme fait architecture.
Juan Gris, tu me plais beaucoup !
Avec Seurat, tu es le plus classique
des modernes.

trop pelée, de même que les impressionnistes avaient décomposé la lumière avec la subtilité humide qui tombe des ciels de Delft. Comment aussi ne pas retrouver cette subtilité dans les réminiscences et les regrets maternels et atlantiques de Velasquez, dont la mère était portugaise, ce qui explique le miracle de la peinture du plus grand de tous les artistes : le sexe de la Castille toujours mouillé par une éjaculation que seules les veines granitiques de l'Espagne pouvaient conduire par de mystérieux réseaux jusqu'à la pupille du peintre.

Le cubisme n'était et ne restera donc que comme le plus héroïque effort pour garder la figure (génie et figure jusqu'à la sépulture) au moment où l'on acquérait une pleine conscience de la nouvelle discontinuité de la matière. En fait, il continuait de s'agir d'objets, toujours d'objets, d'objets concrets et anecdotiques qui en arrivaient à porter sur eux, bien collées, les étiquettes de leur propre anecdote sentimentale. Les guitares sont en ciment, leurs arêtes coupent les mains et les visages

D'après VERMEER. *La leçon de musique.*
Est plus beau que ce l'on en a dit et plus beau que tout
ce que nous croyons.

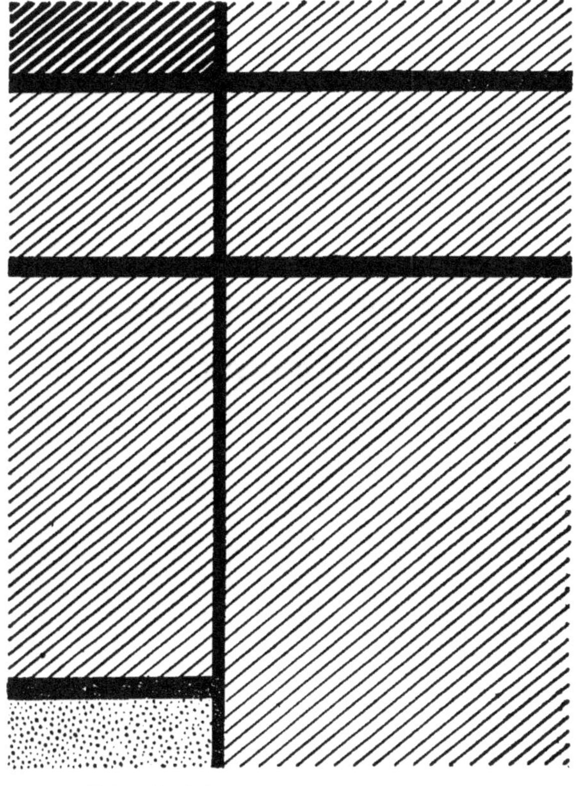

D'après MONDRIAN. *Composition*.
Piet « Niet ».

De même que Voltaire
avec le Bon Dieu,
Braque et moi,
nous nous saluons,
mais nous ne nous parlons pas!

avec le grincement objectif de leurs structures. Tant d'objectivité portée à son paroxysme ne crève pas les yeux des esthéticiens qui, au lieu d'une révolte objective, croient à une étape vers l'abstrait.

Il n'y a là rien que de normal et Picasso, un jour, m'a avoué dans l'intimité qu'aucun des panégyristes de son cubisme gris n'avait jamais été foutu de voir ce que ses tableaux représentaient. Ainsi de ces monstrueux académismes sont nés tous les néo-plasticismes et notamment cet exemple dégradant de débilité mentale qu'on appelait pompeusement « *abstraction-création* ».

Et l'on entendra le Piet, Piet, Piet des nouveaux académiciens modernes. Ce Piet Mondrian avait, pourtant, une faiblesse pour Dali. Il disait que personne au monde n'était capable comme moi de placer une petite pierre qui projette son ombre dans l'espace d'un tableau. Moi, j'ai une faiblesse pour Mondrian, car, adorant Vermeer, je trouve dans l'ordre de Mondrian la propreté de femme de chambre de Vermeer, et même sa

Piet Piet Piet Piet Piet
Piet Piet Piet Piet Piet
Piet Piet Piet Piet
Piet Piet Piet Piet Piet Piet Piet
Piet Piet Piet Piet Piet Piet Piet
Piet Piet Piet Piet
Piet

rétinienne instantanéité des bleus et des jaunes. Je ne m'empresse pas moins de dire que Vermeer est presque tout et Mondrian presque rien !

Des critiques complètement crétins ont employé pendant plusieurs années le nom de Piet Mondrian comme s'il représentait le summum de toute activité spirituelle. Ils le citaient à tout propos. Piet pour l'architecture, Piet pour la poésie, Piet pour le mysticisme, Piet pour la philosophie, les blancs de Piet, les jaunes de Piet, Piet, Piet, Piet, ... Piet, Piet, Piet, Piépie, Pitié, Piet. Eh bien ! Piet, c'est moi Salvador qui vous le dis, avec un « i » de moins, ce n'eût été qu'un pet [1].

*

*   *

---

1. « Soudain Epistémon commence à respirer, puis ouvrir les yeux, puis bâiller, puis éternuer, puis fit un gros pet de ménage. » (Rabelais, II, 30.)

89

Une *jota* aragonaise a pour refrain strident, ce cri viscéral, ibérique et irrationnel :

Je t'aime comme on aime sa mère
comme on aime l'argent !

Ce qui me plaît le plus de toute la pensée d'Auguste Comte, c'est le moment précis où, avant de fonder sa nouvelle religion positiviste, il place, au sommet de sa hiérarchie, les banquiers auxquels il accorde une importance capitale. Peut-être est-ce là le côté phénicien de mon sang ampurdan, mais j'ai toujours été ébloui par l'or sous quelque forme qu'il se présente. Ayant, dès mon adolescence, appris que Miguel de Cervantes, après avoir écrit pour la plus grande gloire de l'Espagne son immortel *Don Quichotte*, mourut dans la misère noire, que Christophe Colomb, après avoir découvert le Nouveau Monde, était mort aussi dans les mêmes conditions et de plus en prison, dès mon adolescence, dis-je, ma prudence me conseilla fortement deux choses :

*Peintres, ne craignez pas
la perfection. Vous n'y parviendrez
jamais! Si vous êtes médiocres,
et que vous fassiez des efforts
pour peindre très, très mal,
on verra toujours que vous
êtes médiocres.*

1) de faire ma prison le plus tôt possible. Et ce fut fait.

2) de devenir autant que possible légèrement multimillionnaire. Et cela aussi est fait.

La façon la plus simple de refuser toute concession à l'or, c'est d'en avoir soi-même. Avec de l'or, il devient tout à fait inutile de « s'engager ». Un héros ne s'engage nulle part ! Il est tout le contraire du domestique. Il faut vraiment avoir les dents couvertes de Sartre pour ne pas oser parler ainsi ! Donc soyons prudent, comme le recommande Saint-Granier, si nous voulons nous permettre d'être nietzschéens. Toutes les valeurs concrètes de la peinture moderne resteront éternellement traduisibles sur le plan matériel en cette chose que moi personnellement, j'ai toujours aimée : l'*argent*[1] !

____

1. On sait qu'André Breton avait baptisé Salvador Dali « Avida Dollars ». Dali assure que cette anagramme fut son talisman qui rendit « fluide, douce et monotone la pluie des dollars ». Il s'est promis de raconter un jour toute la vérité sur ce dérèglement béni de Danaé. Ce sera un chapitre d'un nouveau livre intitulé « De la vie de Salvador Dali considérée comme un chef-d'œuvre » (N.d.E.).

En revanche, que se rassurent les critiques purs qui ont sans cesse méprisé l'argent et ont eu peur de se salir en le touchant : les valeurs abstraites qu'ils défendent dans la peinture moderne se convertiront inéluctablement en argent tout à fait propre, totalement inoffensif et immatériel. Ce sera de l'argent purement abstrait.

FIN

S.S. AMERICA
EN ROUTE VERS LE HAVRE. AVRIL 1956.

ÉPILOGUE

De toute la révolution moderne une seule idée n'a pas vieilli et reste si vivante qu'elle sera le fondement du nouveau classicisme que l'on attend de façon imminente. Aucun des critiques dithyrambiques du vieil art moderne ne l'a encore remarqué. Il s'agit de rien moins que le fameux *d'après nature* de Paul Cézanne[1].

LA DISCONTINUITÉ DE LA MATIÈRE

La découverte la plus transcendante de notre époque est celle de la physique nucléaire sur la constitution de la matière. La matière est discontinue et toute expérience valable dans la peinture moderne ne peut et ne doit partir que d'une seule idée aussi concrète

---

1. La nature est le nom que le peintre donne à la physique. (N.d.E.)

ÉLUARD : *tant et tant de
confusion pour rester pur !*

RENÉ CREVEL : *avec le trotskisme
bonapartiste, il renecrevelera.*

que significative : *la discontinuité de la matière*.

Cette discontinuité est annoncée pour la première fois dans l'histoire de l'art par les touches corpusculaires de Vermeer et les coups de pinceau en l'air de Velasquez. De même, c'est l'impressionnisme qui a inventé pour la première fois la division de la lumière. Les confetti chromosomatiques de Seurat sont l'acte notarié de la discontinuité de la matière. La collision sadique des complémentaires dans le périmètre – bosselé par le mouvement brownien – des pommes de Cézanne, ne sont que les manifestations physiques du mouvement de la matière discontinue.

Dans le cubisme gris de Picasso, le morcellement réintégratif de la réalité n'est qu'un exemple de la volonté féroce de cette réalité pour garder un aspect figuratif en pleine discontinuité de la matière. Les déchirements viscéraux du génial Boccioni sont l'annonce anticipée du dynamisme supersonique et les apollons glorieux de la discontinuité de la matière. Le « Roi et la Reine » de Duchamp

peuvent être traversés par nous en vitesse à cause de la discontinuité de la matière. Les montres de Dali sont molles parce qu'elles sont le produit masochiste de la discontinuité de la matière. Les signes de Mathieu sont les décrets royaux de la discontinuité de la matière.

Le grouillement dionysiaque est là, mais toute cette hétérogénéité héroïque ne vaudra esthétiquement rien tant que n'aura pas été trouvée la forme artistique et classique d'une cosmogonie apollinienne.

Pour que les forces vitalement hétérogènes et antiacadémiques de l'art moderne ne périssent pas dans le ridicule anecdotique du simple dilettantisme expérimental et narcissique, il faut trois choses essentielles :

1° Du talent et de préférence du génie [1].

---

1. Depuis la Révolution française, se développe une vicieuse tendance crétinisante qui consiste à considérer que les génies (à part leur œuvre) sont en tout des êtres plus ou moins semblables au reste du commun des mortels. Cette croyance est fausse. Je l'affirme pour moi qui suis le génie moderne par excellence. (S. D.)

BRETON : *tant et tant
d'intelligence pour une
si petite déchéance !*

2° Réapprendre à peindre aussi bien que Velasquez et de préférence comme Vermeer [1].

3° Posséder une cosmogonie monarchique et catholique aussi absolue que possible et à tendances impérialistes.

C'est seulement alors que, nietzschéens à l'envers, c'est-à-dire aspirant vers le sublime, nous observerons à l'œil nu « d'après nature », *l'archange antiprotonique* si divinement éclaté que nous pourrons enfin plonger nos mains de peintre entre les chromosomes *fissionnés* de sa substance rossignolesque pour toucher de nos doigts douloureux et gonflés de sang le trésor discontinu et désiré depuis notre propre jeunesse. Et, croyant comme Soeringe que nous commandons tout par

---

1. Dans son Manifeste mystique paru en 1952, Dali disait déjà aux peintres : « Peintres, peignez méticuleusement, avec autant de réalité qu'une photo en couleurs, que votre main se conduise comme un stroboscope, et alors je vous promets qu'à partir de ce moment vos tableaux risqueront de devenir immortels ! » (N.d.E.)

ARAGON : *tant et tant
d'arrivisme pour
arriver si peu !*

notre volonté de puissance en puissance, je sais que nous toucherons alors notre propre divinité de peintres [1].

Lu, approuvé et signé :

SALVADOR DALI.

---

1. Comme on a peut-être pu s'en rendre compte, Dali écrivain ne ménage pas son admiration à Dali peintre, mais c'est parce qu'il est persuadé de la supériorité « monarchique » du peintre, en général. Il y a trois ans, la Fédération anarchiste ibérique publiait un manifeste pour annoncer son ralliement à la monarchie espagnole, car, spécifiait-on, les peintres sont des monarques. Dali a retrouvé là une de ses idées les plus chères : il n'y a de réelle liberté que sous l'autorité d'un monarque. Dans son enfance, il a beaucoup aimé porter un déguisement de roi, mais ce n'est pas à ce titre qu'il aspire pour lui-même, c'est à celui que lui confère son prénom : Salvador, le sauveur de la peinture. Dans son *Journal d'un génie*, encore inédit, il note, entre autres choses : « Avant de m'endormir, au lieu de me frotter les mains (ce geste abominable serait typiquement antidalinien) je me les embrasse avec une joie très pure, tout en me disant que l'univers est peu de chose en comparaison de l'ampleur d'un front peint par Raphaël. » (N.d.E.)

La lucidité de Dali quand il parle peinture a de quoi décourager les critiques qui n'abordent jamais la question que de l'extérieur. A une enquête sur l'émancipation de la peinture, Dali répondait déjà en 1934 :

« Si je dois m'exprimer brièvement sur les questions du "modèle", de la "spontanéité" et du "hasard" dans l'œuvre peinte, je dirai que selon moi – et pour tenter de rendre ce peu de mots le plus substantiel possible – le "modèle" ne serait pour le peintre qu'un succulent et gélatineux "pied de porc gratiné" dans lequel, comme chacun sait, la viande molle et superfine ne fait qu'envelopper de ses "délires de douceur nutritive" le véritable et authentique os pelé de l'objectivité. Mais le mieux gratiné et le plus savoureux de tous les pieds de porc, qui, pour peu qu'on fasse appel à la mémoire, est celui du "réalisme", se trouve avoir été flairé depuis des siècles par les nez fins des peintres hollandais et mangé en fin de compte par Vermeer de Delft, lequel ne laissa que l'os refroidi, pour permettre au grand Meissonnier de trouver en le léchant les dernières douceurs fines. S'il n'y a plus de nos jours de "modèle", il y a tout lieu de penser que c'est le peintre qui l'a mangé, et ceci est trop généralement et trop populairement admis pour que j'insiste sur l'inévitable nostalgie de tout peintre devant tout modèle. Comment le pied de porc en question existerait-il encore aujourd'hui, quand on sait que les surréalistes, dépassant le cannibalisme de la viande, sont passés à celui des os, pour en venir à dévorer les objets et les êtres-objets ? C'est assez dire que le modèle ne saurait exister pour moi qu'en tant que métaphore intestinale. Non seulement le modèle, mais encore l'objectivité même a été mangée. Je ne puis donc peindre que d'après certains systèmes de délire de la digestion.

« En ce qui concerne la spontanéité, je dirai qu'elle est aussi un pied de porc, mais un pied de porc à l'envers, c'est-à-dire une langouste, celle-ci, comme chacun sait, présentant, au contraire du pied de porc, un squelette extérieur, alors que la viande superfine et délicate, c'est-à-dire le délire, occupe l'intérieur, ce qui signifie – pour parler d'un seul jet et sans euphémisme – que, pour la spontanéité, la carapace de l'objectivité offre une résistance au délire mou de la viande ; que, pour parvenir à celle-ci, on perd souvent du temps et qu'on n'y parvient d'ailleurs que pour constater que la viande qu'on découvre n'a plus d'os. Toutes ces considérations m'entraînent à me méfier, en général, de la "spontanéité" à l'état pur, dans laquelle je retrouve toujours le goût conventionnel et stéréotypé de l'invariable langouste de restaurant et à préférer personnellement à la spontanéité la "systématisation" qui, à l'exemple du délire paranoïaque, peut se produire et de fait se produit "spontanément" – la "spontanéité" en question ayant cessé de prétendre à l'*objectivité*

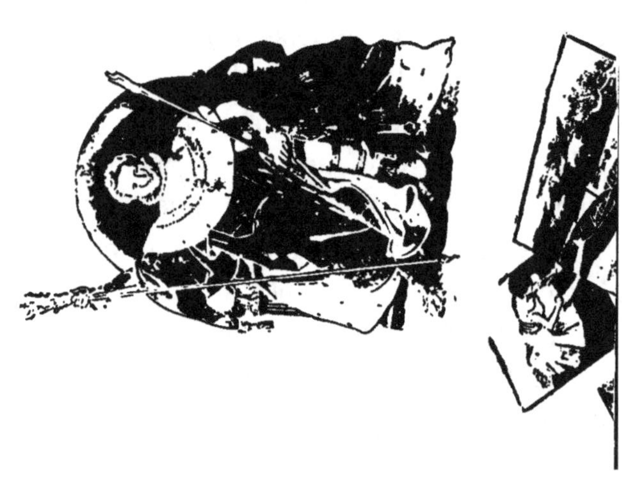

Le piédestal de ma gloire

introuvable, d'autant plus que celle-ci a été préalablement détruite comme on a vu pour la langouste, mais impliquant au contraire cette douceur supplémentaire, la plus fine de toutes, qui réside dans le goût et même dans le contact de la viande qu'on peut encore trouver et qu'on trouve à l'intérieur des os quand, l'os rongé, arrive le moment de s'attaquer à celui-ci. C'est précisément au moment algide où l'on atteint la moelle même de l'imagination qu'on a le droit de supposer qu'on domine (et qu'effectivement on domine) la situation.

« Si le "modèle" est un pied de porc gratiné et la spontanéité une langouste, le hasard pourrait bien n'être qu'une sérieuse et importante côtelette grillée, pétillante de saveur et d'arrière-pensées biologiques, je le dis parce que le hasard figure et constitue exactement ce point moyen de douceur entre le "modèle" et la "spontanéité", c'est-à-dire entre le pied de porc gratiné et la langouste à l'américaine. On observera, en effet, que si dans le pied de porc les os sont à l'intérieur de la viande et dans la langouste la viande à l'intérieur du squelette, dans le cas de la côtelette les os sont moitié à l'intérieur, moitié à l'extérieur, c'est-à-dire coexistent, et que l'os et la viande, objectivité et délire, se montrant visiblement en même temps, ne font autre chose qu'énoncer cette vérité que je ne me lasserai jamais de répéter, à savoir que le hasard n'est autre chose que le résultat d'une activité irrationnelle systématique (paranoïaque); ce qui, pour revenir à nos obsessions comestibles et à notre vocabulaire emprunté à la nutrition, peut se résumer dans l'idée que le hasard, tel qu'il intervient dans le phénomène artistique, n'est que l'expression du conflit terriblement excitant pour la famine, qui résulte de notre mise en présence simultanée de l'os et de la viande, précisons une fois de plus : de l'objectivité et du délire, envenimé encore de cette ardeur de la grillade qui brûle les dents (toute côtelette grillée digne de ce nom devant être mangée à brûle-dents, mais ceci est une autre question) et quand je dis : qui brûle les dents, je veux dire : qui brûle l'imagination. »

AUTOUR D'UN FILM À NAÎTRE

EN 1954 au Musée du Louvre, Salvador Dali exécute une copie de *La Dentellière* de Vermeer de Delft, tableau dont la puissance agressive l'obsède depuis son enfance. Sur la toile, Dali peint des cornes de rhinocéros qu'il continuera au printemps suivant, mais cette fois au Zoo de Vincennes devant un rhinocéros vivant. De retour en Espagne, il termine pendant l'été 1955 cette copie rhinocérontique et corpusculaire pour, en décembre de la même année, faire une communication à Paris en Sorbonne, destinée à expliquer les affinités morphologiques d'une part et cosmogoniques [1] d'autre part, découvertes par lui entre *La Dentellière*, le rhinocéros, le tournesol et le chou-fleur.

Dès la visite au Musée du Louvre, Robert

____

1. Par cosmogoniques, il faut entendre : de la cosmogonie (ou mythologie) propre à Dali. (N.d.E.).

Descharnes avait entrepris la réalisation d'un film : « Histoire prodigieuse de *La Dentellière* et du rhinocéros », en filmant et enregistrant depuis cette date toutes les recherches et actions délirantes et systématiques de Salvador Dali.

Dans cette « aventure » cinématographique, si l'évolution de Salvador Dali peintre est décrite à l'aide d'un certain nombre de plans de ses toiles les plus importantes de l'époque surréaliste à aujourd'hui, il ne s'agit pourtant pas d'un film sur sa peinture elle-même, mais plutôt sur l'évolution de Dali, du surréalisme à sa peinture actuelle (et de ce fait à son attitude en face de la peinture contemporaine).

Grâce à la collaboration de Dali, à son génie des correspondances et à cette extraordinaire systématisation de son délire, « l'Histoire prodigieuse de *La Dentellière* et du rhinocéros » sera le premier film réalisé sur l'activité paranoïaque critique [1] ; Robert Descharnes tente d'en montrer le déroulement

---

1. Méthode spontanée de connaissance irrationnelle fondée sur l'association interprétative critique des phénomènes délirants. (N.d.E.)

dans la vie de Dali et d'expliquer l'application de cette méthode tant à sa peinture qu'à des recherches parallèles, comme celles qui mènent de *La Dentellière* de Vermeer à la chair de poule [1] par le rhinocéros et le chou-fleur.

Afin que les prises de vues destinées à montrer ce génie des correspondances et des images doubles [2] gardent toute leur efficacité visuelle, les truquages et effets cinématographiques habituels ont été systématiquement écartés.

---

1. Pour Dali c'est d'abord le côté divisionniste corpusculaire qui est le lien entre Vermeer et cette chair de poule microphysique. (N.d.E.)

2. « C'est par un processus nettement paranoïaque qu'il est possible d'obtenir une image double, c'est-à-dire la présentation d'un objet qui, sans la moindre modification figurative ou anatomique, soit en même temps la représentation d'un autre objet absolument différent, dénuée elle aussi de tout genre de déformation ou anormalité qui pourrait déceler quelque arrangement. »

(RENÉ CREVEL : Dali ou l'anti-obscurantisme.)

Anthony Burgess	*Pianistes*
Michel Butor	*Le Génie du lieu*
Erskine Caldwell	*Une lampe, le soir…*
Henri Calet	*Contre l'oubli ■ Le Croquant indiscret*
Truman Capote	*Prières exaucées*
Hans Carossa	*Journal de guerre*
Blaise Cendrars	*Hollywood, la mecque du cinéma ■ Moravagine ■ Rhum, l'aventure de Jean Galmot ■ La Vie dangereuse*
Paul Cézanne	*Correspondance*
André Chamson	*L'Auberge de l'abîme ■ Le Crime des justes*
Jacques Chardonne	*Ce que je voulais vous dire aujourd'hui ■ Claire ■ Lettres à Roger Nimier ■ Propos comme ça ■ Les Varais ■ Vivre à Madère*
Edmonde Charles-Roux	*Stèle pour un bâtard*
Alphonse de Châteaubriant	*La Brière*
Bruce Chatwin	*En Patagonie ■ Les Jumeaux de Black Hill ■ Utz ■ Le Vice-roi de Ouidah*
Jacques Chessex	*L'Ogre*
Hugo Claus	*La Chasse aux canards*
Emile Clermont	*Amour promis*
Jean Cocteau	*La Corrida du 1er mai ■ Les Enfants terribles ■ Essai de critique indirecte ■ Journal d'un inconnu ■ Lettre aux Américains ■ La Machine infernale ■ Portraits-souvenir ■ Reines de la France*
Pierre Combescot	*Les Filles du Calvaire*
Vincenzo Consolo	*Le Sourire du marin inconnu*
John Cowper Powys	*Camp retranché*
Jean-Louis Curtis	*La Chine m'inquiète*
Salvador Dalí	*Les Cocus du vieil art moderne*
Léon Daudet	*Les Morticoles ■ Souvenirs littéraires*
Edgar Degas	*Lettres*
Joseph Delteil	*Choléra ■ La Deltheillerie ■ Jeanne d'Arc ■ Jésus II ■ Lafayette ■ Les Poilus ■ Sur le fleuve Amour*
Jean Desbordes	*J'adore*
André Dhôtel	*Le Ciel du faubourg ■ L'Île aux oiseaux de fer*
Charles Dickens	*De grandes espérances*
Maurice Donnay	*Autour du chat noir*
Alexandre Dumas	*Catherine Blum ■ Jacquot sans Oreilles*
Umberto Eco	*La Guerre du faux*
Ralph Ellison	*Homme invisible, pour qui chantes-tu ?*
Oriana Fallaci	*Un homme*
Dominique Fernandez	*Porporino ou les mystères de Naples ■ L'Étoile rose*
Ramon Fernandez	*Messages ■ Molière ou l'essence du génie comique ■ Philippe Sauveur ■ Proust*
A. Ferreira de Castro	*Forêt vierge ■ La Mission ■ Terre froide*
Francis Scott Fitzgerald	*Gatsby le Magnifique ■ Un légume*
Max-Pol Fouchet	*La Rencontre de Santa Cruz*

Georges Fourest	*La Négresse blonde suivie de Le Géranium Ovipare*
Bernard Frank	*Le Dernier des Mohicans*
Jean Freustié	*Le Droit d'aînesse* ■ *Proche est la mer*
Max Frisch	*Stiller*
Carlo Emilio Gadda	*Le Château d'Udine*
Matthieu Galey	*Les Vitamines du vinaigre*
Claire Gallois	*Une fille cousue de fil blanc*
Gabriel García Márquez	*L'Automne du patriarche* ■ *Chronique d'une mort annoncée* ■ *Des feuilles dans la bourrasque* ■ *Des yeux de chien bleu* ■ *Les Funérailles de la Grande Mémé* ■ *L'Incroyable et triste histoire de la candide Erendira et de sa grand-mère diabolique* ■ *La Mala Hora* ■ *Pas de lettre pour le colonel* ■ *Récit d'un naufragé*
David Garnett	*La Femme changée en renard*
Paul Gauguin	*Lettres à sa femme et à ses amis*
Maurice Genevoix	*La Boîte à pêche* ■ *Raboliot*
Natalia Ginzburg	*Les Mots de la tribu*
Jean Giono	*Colline* ■ *Jean le Bleu* ■ *Mort d'un personnage* ■ *Naissance de l'Odyssée* ■ *Que ma joie demeure* ■ *Regain* ■ *Le Serpent d'étoiles* ■ *Un de Baumugnes* ■ *Les Vraies richesses*
Jean Giraudoux	*Adorable Clio* ■ *Bella* ■ *Eglantine* ■ *Lectures pour une ombre* ■ *La Menteuse* ■ *Siegfried et le Limousin* ■ *Supplément au voyage de Cook* ■ *La guerre de Troie n'aura pas lieu*
Ernst Glaeser	*Le Dernier civil*
Nadine Gordimer	*Le Conservateur*
William Goyen	*Savannah*
Jean Guéhenno	*Changer la vie*
Yvette Guilbert	*La Chanson de ma vie*
Louis Guilloux	*Angélina* ■ *Dossier confidentiel* ■ *Hyménée* ■ *La Maison du peuple*
Benoîte Groult	*Ainsi soit-elle*, précédé de *Ainsi soient-elles au xxie siècle*
Jean-Noël Gurgand	*Israéliennes*
Kléber Haedens	*Adios* ■ *L'Été finit sous les tilleuls* ■ *Magnolia-Jules/L'école des parents* ■ *Une histoire de la littérature française*
Daniel Halévy	*Pays parisiens*
Knut Hamsun	*Au pays des contes* ■ *Vagabonds*
Joseph Heller	*Catch 22*
Louis Hémon	*Battling Malone, pugiliste* ■ *Monsieur Ripois et la Némésis* ■ *Maria Chapdelaine*
Pierre Herbart	*Histoires confidentielles*
Hermann Hesse	*Siddhartha*
Panaït Istrati	*Les Chardons du Baragan*

Henry James *Les Journaux*

Pascal Jardin *Guerre après guerre suivi de La guerre à neuf ans*

Alfred Jarry *Les Minutes de Sable mémorial*

Marcel Jouhandeau *Les Argonautes ■ Elise architecte*

Philippe Jullian, Bernard Minoret *Les Morot-Chandonneur*

Ernst Jünger *Rivarol et autres essais ■ Le contemplateur solitaire*

Franz Kafka *Journal ■ Tentation au village*

Comte Kessler *Cahiers 1918-1937*

Paul Klee *Journal*

Jean de La Varende *Le Centaure de Dieu*

Jean de La Ville de Mirmont *L'Horizon chimérique*

Armand Lanoux *Maupassant, le Bel-Ami*

Jacques Laurent *Croire à Noël ■ Le Petit Canard*

Louis-Adhémar-Timothée Le Golif *Cahiers de Louis-Adhémar-Timothée Le Golif, dit Borgnefesse, capitaine de la flibuste*

Paul Léautaud *Bestiaire*

G. Lenotre *Napoléon – Croquis de l'épopée ■ La Révolution française ■ Versailles au temps des rois*

Primo Levi *La Trêve*

Suzanne Lilar *Le Couple*

Malcolm Lowry *Sous le volcan*

Pierre Mac Orlan *Marguerite de la nuit*

Maurice Maeterlinck *Le Trésor des humbles*

Vladimir Maïakowski *Théâtre*

Norman Mailer *Les Armées de la nuit ■ Pourquoi sommes-nous au Vietnam ? ■ Un rêve américain*

Antonine Maillet *Les Cordes-de-Bois ■ Pélagie-la-Charrette*

Curzio Malaparte *Technique du coup d'État*

Luigi Malerba *Saut de la mort ■ Le Serpent cannibale*

Eduardo Mallea *La Barque de glace*

André Malraux *La Tentation de l'Occident*

Clara Malraux *...Et pourtant j'étais libre ■ Nos vingt ans*

Heinrich Mann *Professeur Unrat (l'Ange bleu) ■ Le Sujet!*

Klaus Mann *La Danse pieuse ■ Mephisto ■ Symphonie pathétique ■ Le Volcan*

Thomas Mann *Altesse royale ■ Les Maîtres ■ Mario et le magicien ■ Sang réservé*

Claude Mauriac *Aimer de Gaulle ■ André Breton*

François Mauriac *Les Anges noirs ■ Les Chemins de la mer ■ De Gaulle ■ Le Mystère Frontenac ■ La Pharisienne ■ La Robe prétexte ■ Thérèse Desqueyroux*

Jean Mauriac *Mort du général de Gaulle*

André Maurois *Ariel ou la vie de Shelley ■ Le Cercle de famille ■ Choses nues ■ Don Juan ou la vie de Byron ■ René ou la vie de Chateaubriand ■ Les Silences du colonel Bramble ■ Tourguéniev ■ Voltaire*

Frédéric Mistral	*Mireille/Mirèio*
Thyde Monnier	*La Rue courte*
Anatole de Monzie	*Les Veuves abusives*
Paul Morand	*Air indien* ■ *Bouddha vivant* ■ *Champions du monde* ■ *L'Europe galante* ■ *Lewis et Irène* ■ *Magie noire* ■ *Rien que la terre* ■ *Rococo*
Alvaro Mutis	*Abdul Bashur* ■ *La Dernière escale du tramp steamer* ■ *Le Dernier Visage* ■ *Ilona vient avec la pluie* ■ *La Neige de l'Amiral* ■ *Un bel morir*
Vladimir Nabokov	*Chambre obscure*
Sten Nadolny	*La Découverte de la lenteur*
V.S. Naipaul	*Crépuscule sur l'islam* ■ *L'Énigme de l'arrivée* ■ *Le Masseur mystique*
Irène Némirovsky	*L'Affaire Courilof* ■ *Le Bal* ■ *David Golder* ■ *Les Mouches d'automne précédé de La Niania et Suivi de Naissance d'une révolution*
Gérard de Nerval	*Poèmes d'Outre-Rhin*
Harold Nicolson	*Journal 1936-1942*
Paul Nizan	*Antoine Bloyé*
François Nourissier	*Un petit bourgeois*
Luis Nucéra	*Mes ports d'attache*
René de Obaldia	*Le Centenaire* ■ *Innocentines*
Edouard Peisson	*Hans le marin* ■ *Le Pilote* ■ *Le Sel de la mer*
Sandro Penna	*Poésies* ■ *Un peu de fièvre*
Joseph Peyré	*L'Escadron blanc* ■ *Matterhorn* ■ *Sang et Lumières*
Charles-Louis Philippe	*Bubu de Montparnasse*
André Pieyre de Mandiargues	*Le Belvédère* ■ *Deuxième Belvédère* ■ *Feu de Braise*
Raoul Ponchon	*La Muse au cabaret*
Henry Poulaille	*Pain de soldat* ■ *Le Pain quotidien*
Bernard Privat	*Au pied du mur*
Annie Proulx	*Cartes postales* ■ *Les Pieds dans la boue* ■ *Nœuds et dénouement*
Raymond Radiguet	*Le Diable au corps suivi de Le bal du comte d'Orgel*
Charles-Ferdinand Ramuz	*Aline* ■ *Derborence* ■ *Le Garçon savoyard* ■ *La Grande peur dans la montagne* ■ *Jean-Luc persécuté* ■ *Joie dans le ciel*
Paul Reboux, Charles Muller	*A la manière de...*
Jean-François Revel	*Sur Proust*
André de Richaud	*L'Amour fraternel* ■ *La Barette rouge* ■ *La Douleur* ■ *L'Etrange Visiteur* ■ *La Fontaine des lunatiques*
Rainer-Maria Rilke	*Lettres à un jeune poète*
Christine de Rivoyre	*Boy* ■ *Le Petit matin*
Marthe Robert	*L'Ancien et le Nouveau*
Christiane Rochefort	*Archaos* ■ *Printemps au parking* ■ *Le Repos du guerrier*

Cet ouvrage a été imprimé par
Dupli-Print à Domont (95)
pour le compte des Editions Grasset
en février 2013

Première édition, dépôt légal : avril 2004
Nouveau tirage, dépôt légal : février 2013
N° d'édition : 17582 – N° d'impression : 224266

Imprimé en France